ROBERT JORDANS
DAS
RAD DER
ZEIT

PANINI COMICS

Autor
ROBERT JORDAN

Adaption
CHUCK DIXON

Zeichnungen
MARCIO FIORITO
FRANCIS NUGUIT (Kapitel 5 & 6)

Kolorierung
NICOLAS CHAPUIS

Lettering
ALESSANDRO BENEDETTI

Übersetzung
JOACHIM KÖRBER

Redaktion der Original-Serie
ERNST DABEL
RICH YOUNG

Beratung
ERNST DABEL
LES DABEL

Fachliche Beratung
MARIA SIMONS
BOB KLUTTZ
ALAN ROMANCZUK

ROBERT JORDANS DAS RAD DER ZEIT: DIE SUCHE NACH DEM AUGE DER WELT erscheint bei **PANINI COMICS**, Rotebühlstr. 87, D-70178 Stuttgart. Druck: ELCOGRAF S.p.A. – Via Mondadori, 15 – Verona. Pressevertrieb: Stella Distribution GmbH, D-20097 Hamburg. Direkt-Abos auf **www.paninicomics.de**. Anzeigenverkauf: AGENTUR FÜR VERMARKTUNG & PRODUKTE, info@avundp.de. Es gilt die Anzeigenpreisliste Nr. 10 vom 01.01.2013. PR/Presse **Steffen Volkmer**. Geschäftsführer **Hermann Paul**, Publishing Director Europe **Marco M. Lupoi**, Senior Publishing Coordinator **Lisa Pancaldi**, Redaktion **Tommaso Caretti, Carlo Del Grande, ENZA, Joachim Körber, Marco Rizzo, Monika Trost**, Marketing Director **Holger Wiest**, Vertrieb **Alexander Bubenheimer**, Logistik **Ronald Schäffer**, Übersetzer **Joachim Körber**, Lektorin **Giuseppina Torrisi**, Lettering **Alessandro Benedetti**, grafische Gestaltung **Rudy Remitti, Nicola Spano**, Art Director **Mario Corticelli**, Redaktion Panini Comics **Annalisa Califano, Beatrice Doti**, Produktion Panini Comics **Francesca Aiello, Andrea Bisi, Eleonora Conti, Valentina Esposito, Lorenzo Raggioli, Andrea Ronzoni**. Produktionsleitung **Alessandro Nalli**. The characters, events, and stories in this publication are entirely fictional. No similarity between any of the names, characters, persons, and/or institutions in this book with those of any living or dead person or institution is intended, and any such similarity which may exist is purely coincidental. No portion of this publication may be reproduced by any means without the written permission of the copyright holder except artwork used for review purpose. © 2013 The Bandersnatch Group, Inc. The phrases "The Wheel of Time" and "The Dragon Reborn™", the snake-wheel symbol, all characters featured in this book and the distinctive names and likenesses thereof, and all related indicia are trademarks of The Bandersnatch Group, Inc. All rights reserved. Published in comic book form by Dynamite Entertainment. Dynamite, Dynamite Entertainment, and the Dynamite Entertainment colophon are ® and © 2013 DFI. All rights reserved. Zur deutschen Ausgabe: © 2013 PANINI Verlags-GmbH. All rights reserved. Any inquiries should be addressed to Dynamite Entertainment, c/o Panini Verlags-GmbH, Rotebühlstr. 87, D-70178 Stuttgart.

FSC
www.fsc.org
MIX
Paper from
responsible sources
FSC® C115044

Bibliografische Information der Deutschen Nationalbibliothek
Die Deutsche Nationalbibliothek verzeichnet diese Publikation in der Deutschen Nationalbibliografie; detaillierte bibliografische Daten sind im Internet über http://dnb.d-nb.de abrufbar.

Inhalt

DAS RAD DER ZEIT

WAS BISHER GESCHAH...

Auf dem Weg nach Baerlon haben die Emondsfelder viel gelernt.

Lan unterrichtete Rand, Mat und Perrin im Umgang mit ihren Waffen, derweil fand Egwene mit Moiraines Hilfe heraus, dass sie die Eine Macht lenken kann und eines Tages möglicherweise Aes Sedai werden könnte.

In der Stadt Baerlon gönnte Moiraine allen etwas Zeit zum Ausruhen und Bummeln, bevor sie die Reise nach Tar Valon fortsetzten...

Doch Rand fand kaum Schlaf. Ba'alzamon, der Dunkle König, besuchte ihn in seinen Träumen – von Mats und Perrins Träumen ganz zu schweigen – und versuchte, sie alle in seinen Bann zu ziehen.

Bei solchen Träumen konnte Rand nicht mehr schlafen... und beschloss, die Stadt zu erkunden... Doch bevor er dazu kam, traf er Min – eine junge Frau, die in die Zukunft sehen konnte –, die ihm einen beängstigenden Blick in seine Zukunft und die Bande gewährte, die ihn mit seinen Reisegefährten verbanden.

Später traf er Mat und Perrin, die für Ärger sorgten, als sie die Kinder des Lichts verspotteten, einen Orden, der mit fast religiöser Inbrunst den Dunklen König und die Aes Sedai gleichermaßen bekämpft.

Danach kehrten Rand und Mat ins Gasthaus "Hengst und Löwe" zurück und stellten überrascht fest, dass Nynaeve, die Seherin von Emondsfeld, sie dort aufgespürt hatte, um sie, Perrin und Egwene nach Hause zu bringen.

Stattdessen lässt sie sich überreden und schließt sich der Gruppe auf dem Weg nach Norden an... und sei es nur, um die Emondsfelder zu beschützen, die sie nach Hause bringen wollte.

Die Gruppe muss der Kinder des Lichts wegen früher als beabsichtigt aus Baerlon fliehen. Auf der Straße werden sie im Handumdrehen wieder von Trollocs verfolgt.

Moiraine ist gezwungen, sie alle auf einen Weg zu führen, auf dem die Trollocs ihnen nicht folgen werden...

Joachim Körber

Kapitel eins

Rand schluckte und gab seinem Pferd die Sporen. Alle preschten dem Behüter hinterher.

Rand folgte Lans Beispiel und fand seinen eigenen Schlachtruf-- den Perrin aufgriff.

Nur Mat brüllte etwas anderes...

MANETHEREN!

MANETHEREN!

MANETHEREN!

MANETHEREN!

CARAI AN CALDAZAR! CARAI AN ELLISANDE! AL ELLISANDE!

Dann stürzte sich Lan auf den Myrd-draal und das Menschenvolk auf die Trollocs.

Blaue Funken stoben wie Blitze durch die Luft, als die Klinge des Behüters auf den schwarzen Stahl der Schmiede von Thakan'dar traf.

Fast-Menschen mit Schnauzen fielen mit Stangen und Haken über die Menschen her.

Nur Lan und den Myrddraal mieden sie: Die beiden kämpften in einem freien Kreis. Ihre Pferde tänzelten bei jedem Schwerthieb.

Moiraines weiße Stute folgte der kleinsten Handbewegung der Aes Sedai am Zügel.

Verbissen wie Lan schlug sie mit dem Stab um sich.

Flammen hüllten die Trollocs ein und loderten empor. Die ungeschlachten Gestalten blieben am Boden liegen.

Die Trollocs versuchten, vor den Frauen zu fliehen, doch Moiraine setzte ihnen gnadenlos mit ihrem Stab nach und vernichtete sie nacheinander.

Die Hörner klangen wie Hunde, die einen Hirsch
wittern. Jagdlüsterne Hunde.

Lan schlug ein noch größeres Tempo an-- die Pferde
mühten sich schneller bergauf als zuvor bergab und
stürzten sich förmlich über die Anhöhe.

Dennoch kamen die
Hörner näher.

TA-ROOOOO

Die Menschen erklommen die Kuppe, als
die Trollocs gerade hinter ihnen den Hügel
nebenan erklommen.

Nur hundert Spannen trennten
die beiden Gruppen.

Der Hügel war schwarz von
Trollocs, und drei Myrddraal
überragten sie. Drei!

Wie einer hoben die drei Myrddraal die schwarzen
Schwerter, worauf die Trollocs mit Triumphgebrüll
den Hang hinabstürmten.

Das war das Werk der Aes Sedai, wie in den alten Überlieferungen. Rand wünschte sich, er wäre hundert Meilen weit weg.

Der Boden schlug Wellen, die sich den Trollocs näherten wie Wogen auf dem Meer. Am Hang gegenüber stürzten die Trollocs scharenweise in das aufgewühlte Erdreich.

Doch die Myrddraal rückten unbeeindruckt in einer Reihe vor, und ihre schwarzen Pferde kamen nicht einmal aus dem Tritt.

Zwischen den schwarzen Reittieren wälzten sich Trollocs am Boden, doch die Myrddraal kamen langsam näher.

...e hob den Stab. Die Erde... ...r Ruhe, doch die Aes Sedai... ...ch nicht fertig.

Rand glaubte zu wissen, was Mat dachte-- dasselbe wie er.

Wenn Mat ein Nachkomme der alten Könige von Manetheren war, dann waren die Trollocs vielleicht hinter **ihm** her, nicht hinter **allen drei**en. Er schämte sich des Gedankens.

ICH MUSS SAGEN, SO WAS HABE ICH NOCH NIE GEHÖRT. IN ANDEREN ZEITEN WÜRDE ICH EINE GE- SCHICHTE DARAUS MACHEN. ABER JETZT...

WOLLT IHR DEN REST DES TAGES HIER BLEIBEN, AES SEDAI?

TA-ROOOOO

NEIN.

SIE HABEN DAS FEUER PASSIERT.

IHR SEID NICHT STARK GENUG FÜR EUER VORHABEN. **NOCH** NICHT UND NICHT OHNE **PAUSE**.

UND WEDER MYRDDRAAL NOCH TROLLOC BETRETEN DEN ORT.

WOHLAN, IHR HABT WOHL RECHT, DOCH WÄRE MIR LIEBER, ES GÄBE EINEN ANDEREN WEG.

SCHART EUCH ALLE UM MICH, SO NAHE ES GEHT.

Moiraine bestand darauf, dass sie sich im Kreis um sie drängten, bis jedes Pferd den Kopf über Hals oder Hintern des nächsten liegen hatte. Erst dann war die Aes Sedai zufrieden.

Dann stand sie wortlos in den Steigbügeln auf, ließ den Stab über ihren Köpfen kreisen und achtete darauf, dass sich alle darunter befanden.

DIE TROLLOCS WERDEN GLAUBEN, DASS UNSERE WITTERUNG UND FÄHRTE DEM FOLGEN. DIE **MYRDDRAAL** DÜRFTEN DAS BALD DURCHSCHAUEN, ABER BIS DAHIN...

BIS DAHIN SIND WIR LÄNGST FORT.

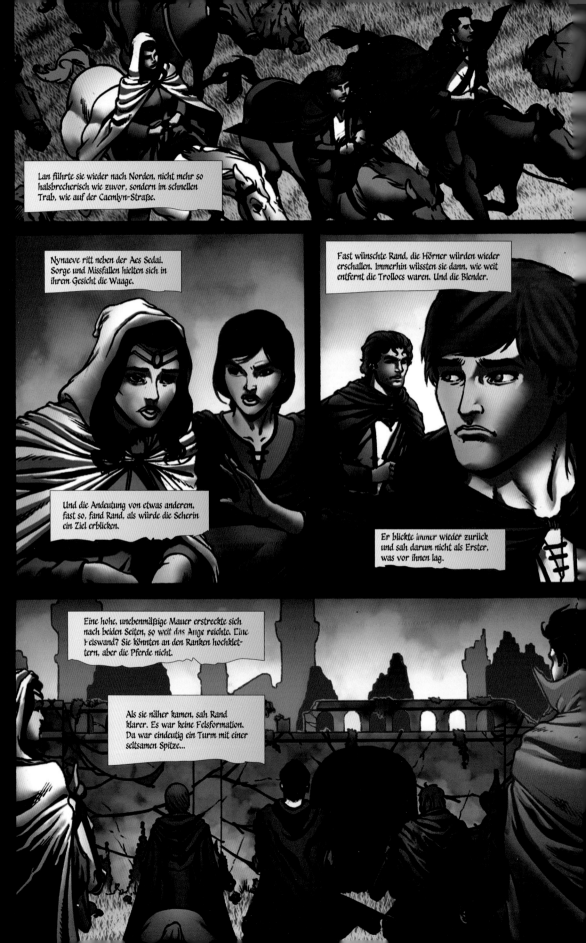

Lan führte sie wieder nach Norden, nicht mehr so halsbrecherisch wie zuvor, sondern in schnellem Trab, wie auf der Caemlyn-Straße.

Nynaeve ritt neben der Aes Sedai. Sorge und Missfallen hielten sich in ihrem Gesicht die Waage.

Fast wünschte Rand, die Hörner würden wieder erschallen. Immerhin wüssten sie dann, wie weit entfernt die Trollocs waren. Und die Blender.

Und die Andeutung von etwas anderem, fast so, fand Rand, als würde die Seherin ein Ziel erblicken.

Er blickte immer wieder zurück und sah darum nicht als Erster, was vor ihnen lag.

Eine hohe, unebenmäßige Mauer erstreckte sich nach beiden Seiten, so weit das Auge reichte. Eine Felswand? Sie könnten an den Ranken hochklettern, aber die Pferde nicht.

Als sie näher kamen, sah Rand klarer. Es war keine Felsformation. Da war eindeutig ein Turm mit einer seltsamen Spitze...

Kapitel zwei

DAS HIER GENÜGT.

BRINGT DIE PFERDE REIN, SUCHT EIN HINTERZIMMER ALS STALL.

LOS, BAUERNLÜMMEL, WIR SIND NICHT ZUM SPASS HIER.

ICH FINDE, WIR SOLLTEN MOIRAINE FRAGEN.

MOIRAINE FRAGEN? GLAUBST DU, DIE LÄSST UNS AUS DEN AUGEN? UND WAS IST MIT NYNAEVE?

WAS MEINST DU? EINE ECHTE STADT MIT PALÄSTEN!

HE-- UND KEINE WEISSMÄNTEL, DIE UNS AN-STARREN!

:SEUFZ:

NA GUT. ABER WENN WIR ETWAS SEHEN WOLLEN, SOLLTEN WIR LOS, SOLANGE ES NOCH HELL IST.

BLUT UND ASCHE, PERRIN, BITTEN WIR DOCH AUCH GLEICH NOCH UNSERE ELTERN UM ERLAUBNIS!

Mat wollte anscheinend alles sehen und steckte die anderen mit seiner Begeiste-rung an.

Sie kletterten in staubige Brunnen, in deren Becken jeder in Emondsfeld Platz gefunden hätte.

Sie betraten wahllos Gebäude, aber stets die größten, die sie finden konnten.

Manche verstanden sie, manche nicht.

Ein Palast war ein Palast. Was aber sollte ein riesiges Gebäude mit nur einem einzigen monströsen Raum und einem Kuppeldach?

"KAUM WAR MORDETH IN DER STADT, HÖRTE BALWEN NUR AUF IHN, UND ARIDHOL **VERÄNDERTE SICH**."

DIE GE- SCHICHTE IST ZU LANG UND DÜSTER, SIE ZU SCHILDERN. AUCH IN TAR VALON KENNT MAN NUR BRUCHSTÜCKE.

WIE THORINS SOHN **CAAR** NACH ARIDHOL KAM UND BALWEN ALS WELKE HÜLLE MIT **WAHNSINN** IN DEN AUGEN AUF DEM THRON SASS, WÄHREND MORDETH CAAR UND SEINE BEGLEITER KALT LÄCHELND ALS **SCHATTENFREUNDE** DENUNZIERTE.

WIE PRINZ CAAR DEN NAMEN **CAAR EINHAND** BEKAM. WIE ER DEN KERKERN ARIDHOLS ENTKAM UND VON MORDETHS UNNATÜRLICHEN HÄSCHERN VERFOLGT IN DIE **GRENZ- LANDE** FLOH.

WIE ER DORT **RHEA** KENNENLERNTE, DIE NICHT WUSSTE, WER ER WAR, SIE HEIRATETE UND DAMIT DAS SCHICKSAL BESIEGELTE, DASS ER DURCH IHRE HAND STARB UND SIE DURCH IHRE EIGENE, VOR SEINEM GRAB, UND DASS ALETH-LORIEL FIEL.

WIE DIE ARMEEN VON MANETHEREN CAAR RÄCHEN KAMEN, DIE TORE ARIDHOLS OFFEN VORFANDEN UND **KEINE MENSCHENSEELE** DARIN, ABER ETWAS **SCHLIMMERES** ALS DEN TOD.

NIEMAND WAR NACH ARIDHOL GEKOMMEN. MISSTRAUEN UND HASS GEBAREN ETWAS, DAS SICH VON DEM NÄHRTE, DAS ES ERZEUGT HATTE UND SICH IM FELSGESTEIN UNTER DER STADT EINNISTETE.

MASHADAR WARTET IMMER NOCH HUNGRIG. NIEMAND SPRACH MEHR VON ARIDHOL. MAN NANNTE ES **SHADAR LOGOTH**, DEN ORT, WO DER SCHAT- TEN WARTET.

"NUR MORDETH WURDE NICHT VON MASHADAR VERSCHLUNGEN, SONDERN **GEFANGEN**, UND AUCH ER WARTET SEIT JAHRHUNDERTEN IN DIESEN MAUERN.

"**ANDERE** HABEN IHN GESEHEN.

"MANCHE BEEINFLUSSTE ER DURCH GESCHENKE, DIE GEIST UND SEELE VERWIRREN UND BEFLECKEN.

"ÜBERZEUGT ER JEMANDEN, IHN ZU DEN MAUERN ZU BEGLEITEN, ZUR **GRENZE** VON MASHADARS MACHT, KANN ER DIE SEELE DIESER PERSON VERSCHLINGEN."

MORDETH KÖNNTE IM KÖRPER DES UNGLÜCKLICHEN FORTGEHEN UND WIEDER UNHEIL ÜBER DIE WELT BRINGEN.

DER SCHATZ... WIR SOLLTEN DEN SCHATZ ZU SEINEN PFERDEN TRAGEN.

ICH WETTE, DIE WÄREN IRGENDWO AUSSERHALB DER STADT GEWESEN.

ABER JETZT SIND WIR SICHER, ODER? ER HAT UNS NICHTS GEGEBEN, UNS NICHT BERÜHRT... MIT DEINEN ZAUBERN SIND WIR SICHER, ODER?

WIR SIND SICHER. ER KANN DEN SCHUTZZAUBER NICHT ÜBERWINDEN, UND AUCH KEIN **ANDERER** UNHOLD. UND SIE MÜSSEN DAS SONNENLICHT MEIDEN, ALSO KÖNNEN WIR BEI TAGE UNBESORGT AUFBRECHEN.

VERSUCHT, ZU SCHLAFEN. DIE ZAUBER SCHÜTZEN UNS, BIS LAN ZURÜCKKEHRT.

Kapitel drei

Als Rand "Hier entlang!" rief, hörte er denselben Ruf von fünf anderen. Ein Blick zurück zeigte ihm, dass seine Gefährten, von Trollocs gejagt, in fünf verschiedene Richtungen flohen.

Drei Trollocs, die mit Stöcken fuchtelten, waren hinter ihm her. Rand bekam eine Gänsehaut, als er merkte, dass sie so schnell wie Wolke waren.

Voraus wurde die Straße schmaler, verfallene Häuser neigten sich trunken darüber. Rand sah plötzlich ein silbernes Leuchten in den dunklen Fenstern, die der Nebel nach außen wölbte.

Mashadar.

Die Trollocs folgten fünfzig Schritte hinter Rand, der sie deutlich sah. Hinter ihnen ritt ein Blender-- die Trollocs schienen so sehr vor ihm zu flüchten, wie sie Rand verfolgten.

Nach einer Weile merkte Rand, dass er die Todesschreie des Blenders nicht mehr hörte, und ließ Wolke anhalten.

Er wartete gebückt im Sattel, hörte jedoch nichts mehr außer dem Blut, das in seinen Ohren pochte.

Die anderen. Warum folgten sie ihm nicht? Waren sie den Trollocs in die Hände gefallen? Wenn sie frei waren, würden sie dem Stern folgen. Wenn nicht...

... Die Ruinen waren riesig. Er könnte tagelang nach ihnen suchen. Wenn er den Trollocs entkam. Und den Blendern. Und Mordeth. Und Mashadar.

Zögernd schlug er den Weg zum Fluss ein.

Rand dachte, er hätte in den Schatten etwas gehört.

Und dann glaubte er, einen Stock zu sehen... sofort gab er Wolke die Sporen und riss das Schwert aus der Scheide. Stumm ritt er zum Angriff und ließ das Schwert mit aller Kraft kreisen.

Nur mit größter Anstrengung konnte er sich bremsen.

HERRJE!

Plötzlich galoppierte Thom hinter den Trollocs aus der Nacht...

... dann blitzte Mondlicht auf Stahl.

KRAA!

MEINE ZWEITBESTEN MESSER.

DAS LOCKT ANDERE AN. HOFFENTLICH IST DER FLUSS NICHT WEIT.

ICH HOFFE...

Thom sprach nicht aus, was er hoffte, sondern sputete sich, dicht gefolgt von Rand und Mat.

Als sie den Fluss erreichten, sah Rand das Ufer gegenüber nicht. Ihm gefiel es nicht, im Dunkeln überzusetzen, aber hierzubleiben gefiel ihm noch weniger.

ENT-SCHEIDE DICH-- FLUSSAUFWÄRTS ODER -AB-WÄRTS?

ABER DIE ANDEREN KÖNNTEN ÜBERALL SEIN. MÖG-LICHERWEISE ENTFERNEN WIR UNS NOCH WEITER VON IHNEN.

MÖGLICHER-WEISE... MÖG-LICHERWEISE.

Sie ritten weiter. Eine Weile änderte sich nichts. Manchmal war das Ufer höher, manchmal niedriger, standen die Bäume dichter oder weniger dicht... doch **Nacht**, **Fluss** und **Wind** blieben gleich. **Kalt** und **schwarz**.

Und dann sahen sie Licht voraus. Es schien deutlich höher als der Fluss zu sein, vielleicht in einem Baum.

Schließlich sahen sie die Lichtquelle: eine Laterne auf einem Mast und ein großes Händlerboot.

DAS IST BESSER ALS DAS FLOSS EI-NER AES SEDAI, NICHT?

SIEHT NICHT AUS, ALS WÄRE DAS BOOT FÜR PFERDE GEEIGNET, ABER ANGESICHTS DER GEFAHREN, VOR DENEN WIR IHN WARNEN, DÜRFTE DER KAPITÄN **VERNÜNFTIG** SEIN.

LASST MICH REDEN. UND NEHMT AUF ALLE FÄLLE EURE DECKEN UND SATTEL-TASCHEN MIT.

DU WILLST DOCH NICHT OHNE DIE ANDEREN GE-HEN, ODER?

Thom kam nicht zu einer Antwort. Mehrere Trollocs stürmten auf die Lichtung, und Rufe in der Ferne zeigten, dass noch mehr nachfolgten.

AUF DAS BOOT! SCHNELL! LASST ALLES ZURÜCK UND LAUFT!

TA-ROOOoo

IHR DA, AUF DEM BOOT! WACHT AUF, IHR NARREN! TROLLOCS!

Überall auf dem Boot schrien Männer, schlugen Taue durch und kämpften gegen Trollocs.

Plötzlich traf Rand etwas am Rücken und warf ihn zu Boden. Das Schwert fiel ihm aus der Hand und schlitterte weg.

DIE GESCHICHTE WÜRDEN VIELE NICHT GLAUBEN. ABER NATÜRLICH HABE ICH DIE TROLLOCS GESEHEN, NICHT?

UND? HABT IHR EINIGE DER **SCHÄTZE**, VON DENEN IHR ER- ZÄHLT?

DAS WENIGE, DAS WIR ERBEUTETEN, GING MIT DEN PFERDEN VERLOREN, ALS DIE TROLLOCS KAMEN. ICH HABE NUR MEINE FLÖTE UND HARFE, EIN PAAR KUPFERMÜNZEN UND DIE KLEIDER AM LEIB.

ABER DIE SCHÄTZE SIND WOHL OHNEHIN VOM DUNKLEN KÖNIG BESUDELT. AM BESTEN LÄSST MAN SIE IN DEN RUINEN UND BEI DEN TROLLOCS.

ALSO KEIN GELD FÜR DIE ÜBERFAHRT. MEINEN BRUDER WÜRDE ICH NICHT MITNEHMEN, WENN ER NICHT BEZAHLEN KÖNNTE, SCHON GAR NICHT, WENN IHN TROLLOCS VERFOLGEN, DIE MEINE TAUE UND TAKELAGE DURCHHAUEN.

ABER BAYLE DOMON IST EIN VERNÜNFTIGER MANN. ICH WERFE EUCH NICHT ÜBER BORD, WENN ES SICH VERMEIDEN LÄSST. EINER DEINER LEHRLINGE HAT EIN SCHWERT. ICH BRAUCHE EIN GUTES SCHWERT. ALS GUTER MENSCH NEHME ICH EUCH DAFÜR BIS WEISSBRÜCKE MIT.

NEIN!

HM, WENN NICHT, DANN NICHT. ABER BAYLE DOMON NIMMT SEINE EIGENE MUTTER NICHT UM- SONST MIT.

ALSO, ICH-- MOMENT...

Widerwillig leerte Rand die Taschen. Viel hatte er nicht-- ein paar Kupferstücke und die Silbermünze von Moiraine. Er hielt sie dem Kapitän hin, dann folgte Mat seufzend seinem Beispiel.

HMM. JA. REICHT BIS WEISS-BRÜCKE.

RECHT VIEL FÜR DIE ÜBERFAHRT BIS WEISSBRÜCKE.

PLUS DEN SCHADEN AM SCHIFF. PLUS AUFPREIS, WEIL ICH WEGEN TROLLOCS IN DER NACHT AUFBRECHEN MUSS.

WAS IST MIT DEN ANDEREN? NEHMT IHR SIE AUCH MIT? SIE MÜSS-TEN BALD AM FLUSS SEIN, DANN SEHEN SIE DIE LA-TERNE AUF EUREM MAST.

GLAUBST DU, WIR LIEGEN STILL, MANN? SCHICKSAL, WIR SIND IN-ZWISCHEN DREI, VIER MEILEN FLUSSABWÄRTS. TROLLOCS BEFLÜGELN DIE RUDERER, UND DIE STRÖMUNG IST GÜNSTIG.

HEUTE NACHT WÜRDE ICH NICHT MEHR ANLEGEN, SELBST WENN MEINE ALTE GROSS-MUTTER AM UFER STÜNDE.

VIELLEICHT LEGE ICH ERST IN WEISSBRÜCKE WIEDER AN.

NEIN...

DU KANNST ES NICHT ÄNDERN, JUNGE. AUSSERDEM SIND SIE BESTIMMT SICHER BEI DER... BEI MOIRAINE UND LAN. KANNST DU DIR EIN BESSERES LOS FÜR DEINE FREUNDE VORSTELLEN?

ICH WOLLTE IHR AUSREDEN, MIT UNS ZU KOMMEN.

DU HAST GETAN, WAS DU KONNTEST. NIEMAND KANN MEHR VERLANGEN.

ICH HÄTTE DARAUF BE-STEHEN MÜS-SEN.

DU WEISST, WAS AUF DEM SPIEL STEHT. ICH BRAUCHE DIESE KNABEN. ICH DENKE, DASS SHAYOL GHUL SIE JAGT. WIDERSTAND VON DER WEISSEN BURG UND DER AMYRLIN-SITZ ERWARTE ICH. ABER...

HERRIN AL'MEARA, DU DARFST JETZT RAUSKOMMEN, WENN DU WILLST.

WAS HAST DU GETAN? IN WAS HAST DU EGWENE UND DIE JUNGS REINGEZOGEN? WAS FÜR FINSTERE AES-SEDAI-RÄNKE SCHMIEDEST DU MIT IHNEN?

DAS MUSST DU GERADE SAGEN, SEHERIN!

IRGENDWIE KANNST DU JA AUCH DIE EINE MACHT WIRKEN.

DIE EINE-- WARUM BEHAUPTEST DU NICHT GLEICH NOCH, DASS ICH EIN TROLLOC BIN?

WOHER WUSSTE ICH WOHL, DASS DU HINTER DIESEM BAUM STECKST? WÄRE ICH NICHT ABGELENKT GEWESEN, HÄTTE ICH DICH SCHON FRÜHER GESPÜRT. DU BIST SICHER KEIN TROLLOC, SONST WÜRDE ICH DAS BÖSE DES DUNKLEN KÖNIGS SPÜREN. WAS ALSO HABE ICH GESPÜRT, NYNAEVE AL'MEARA, SEHERIN VON EMONDSFELD UND NICHTSAHNENDE BESITZERIN DER EINEN MACHT?

ICH HÖRE DIR GAR NICHT MEHR ZU, DU--

DU MUSST ZUHÖREN.

VOR ACHT BIS ZEHN JAHREN-- DAS ALTER VARIIERT-- WOLLTEST DU ETWAS MEHR ALS ALLES ANDERE AUF DER WELT. DU HAST ES GEBRAUCHT. UND DU HAST ES BEKOMMEN.

EIN AST FIEL HERAB, DU KONNTEST DICH AUS DEM WASSER ZIEHEN, STATT ZU ERTRINKEN. EINE FREUNDIN ODER EIN HAUSTIER WURDE GESUND, OBWOHL ES ALLE SCHON AUFGEGEBEN HATTEN.

DU HAST NICHTS BESONDERES GESPÜRT, ABER EINE WOCHE SPÄTER HATTEST DU DIE ERSTE REAKTION AUF DEN KONTAKT MIT DER WAHREN QUELLE. FIEBER ODER SCHÜTTELFROST. KOPFSCHMERZEN UND TAUBHEIT UND FREUDE, ALLES IN EINEM... UND ANDERES. ERINNERST DU DICH?

ICH GEHE NOCH WEITER. DU HAST IRGENDWANN PERRIN ODER EGWENE MIT DER MACHT GEHEILT. ES ENTSTAND EINE VERBUNDENHEIT. DU SPÜRST DIE GEGENWART VON JEMANDEM, DEN DU GEHEILT HAST.

IN BAERLON BIST DU SOFORT INS "HENGST UND LÖWE" GEKOMMEN, OBWOHL ES NICHT DAS ERSTE GASTHAUS AUF DEM WEG WAR... UND NUR EGWENE UND PERRIN WAREN BEI DEINER ANKUNFT DORT. ALSO: PERRIN, EGWENE ODER BEIDE?

EGWENE.

SIE HATTE FIEBER. ICH WAR SCHÜLERIN VON HERRIN BARRAN, DIE MICH BEI EGWENE WACHE HALTEN LIESS.

ICH WAR JUNG UND WUSSTE NICHT, DASS DIE SEHERIN ALLES IM GRIFF HATTE. ICH DACHTE, EGWENE STIRBT. ICH HABE SIE ALS BABY MANCHMAL GEHÜTET-- WENN IHRE MUTTER BESCHÄFTIGT WAR-- UND WEINTE, WEIL ICH DACHTE, ICH MÜSSTE DABEI SEIN, WENN SIE STIRBT.

ALS HERRIN BARRAN EINE STUNDE SPÄTER WIEDERKAM, WAR DAS FIEBER WEG. EINE WOCHE SPÄTER FIEL ICH ABWECHSELND SCHWITZEND UND FRIEREND ZU BODEN. HERRIN BARRAN STECKTE MICH INS BETT, ABER BEIM ABENDESSEN WAR ALLES WIEDER GUT.

DU HATTEST GLÜCK. DU HAST ETWAS KONTROLLE ÜBER DIE MACHT, AUCH WENN DU DIE WAHRE QUELLE NUR ZUFÄLLIG BERÜHRST. WENN NICHT, HÄTTE SIE DICH IRGENDWANN GETÖTET.

DU BESITZT GROSSES POTENZIAL. MIT ETWAS ÜBUNG KÖNNTEST DU MÄCHTIGER WERDEN ALS EGWENE... UND SIE KÖNNTE EINE DER MÄCHTIGS- TEN AES SEDAI SEIT JAHR- HUNDERTEN WERDEN.

NEIN! DAMIT WILL ICH NICHTS ZU TUN--

HABEN...

... ICH BITTE DICH, DASS DU KEINEM DAVON ERZÄHLST, JA?

UND DAS ALLES ERKLÄRT NICHT, WAS DU VON RAND UND PERRIN WILLST.

Kapitel vier

Perrin erwachte nach Sonnenaufgang in einem Büschel Immergrün. Sofort fielen ihm die Ereignisse der vergangenen Nacht wieder ein, und er zog weiter.

Er folgte dem reißenden Arinelle mit Blicken flussabwärts. Er schwamm besser als Egwene. Wenn sie es geschafft hatte... nein, nicht **wenn**. Sie **musste** auf jeden Fall flussabwärts an Land gekommen sein. Er vergeudete keine Zeit und begann mit der Suche.

Perrin legte mehrere Meilen, so gut es ging, in Deckung unter den wenigen Bäumen an diesem Ufer zurück, bis er plötzlich etwas sah und ruckartig stehen blieb.

...inen Hufabdruck.

Manche Trollocs **hatten** Hufe, wusste Perrin, aber ganz bestimmt keine **Hufeisen**.

Perrin vergaß potenzielle Beobachter am anderen Ufer und suchte nach weiteren Spuren. Das abgestorbene Gras beförderte sie nicht, aber er fand sie dennoch.

Die Fährte führte ihn weg vom Fluss, in ein dichtes Wäldchen.

DIE... DIE MACHT?

BIST DU **VERRÜCKT**? ICH MEINE... DIE **EINE MACHT**! MIT SO ETWAS SPIELT MAN NICHT.

ES WAR SO **LEICHT**, PERRIN. ICH KANN ES. ICH KANALISIERE DIE MACHT.

ICH MACHE FEUER, EGWENE. VERSPRICH MIR, DASS DU DAS NIE WIEDER VERSUCHST.

NIEMALS!

WÜRDEST DU DEINE AXT AUFGEBEN, PERRIN AYBARA? WÜRDEST DU MIT EINER HAND AUF DEM RÜCKEN RUMLAUFEN? ICH NICHT!

DAS FEUER BRENNT. DANN VERSUCH ES WENIGSTENS HEUTE NACHT NICHT MEHR. BITTE.

Egwene fügte sich mürrisch, aber auch als das Kaninchen über dem Feuer briet, dachte sie, sie hätte es besser gekonnt. Und sie würde es weiter versuchen.

Sie versuchte es jeden Abend, brachte aber stets nur kleine Rauchwölkchen zustande, die gleich wieder verschwanden.

Sie sah ihn dabei trotzig an, und er war klug genug, den Mund zu halt[

Perrin fand, sie kamen gut voran, doch so weit sie sich vom Arinelle entfernten, sahen sie kein Dorf oder Bauernhaus, wo sie nach dem Weg fragen konnten. Ihm kamen Zweifel.

Er trottete neben Bela her und fragte sich, ob sie heute etwas zu essen finden würden, als er den Duft bemerkte.

DAS IST RAUCH! EIN FEUER! JEMAND KOCHT. HMM-- KANINCHEN.

MÖGLICH.

WARTE HIER.

UND SEI LEISE. WIR WISSEN NICHT, WER DAS IST.

Perrin war in Emondsfeld nicht so oft im Wald gewesen wie Rand oder Mat, hatte aber dennoch genügend Kaninchen gejagt.

Völlig lautlos schlich er von Baum zu Baum.

Wenig später blickte er um den Stamm einer alten Eiche und sah das Lagerfeuer.

HAST DU GENUG GESABBERT?

DU UND DEINE FREUNDIN KÖNNT GERN HERKOMMEN UND ESSEN. IN DEN LETZTEN ZWEI TAGEN HABT IHR NICHT VIEL BE-KOMMEN.

DU BEOBACHTEST MICH SEIT **ZWEI** TAGEN?

JA, ICH BEOBACHTE DICH UND DAS HÜBSCHE MÄDCHEN. SIE SCHUBST DICH GANZ SCHÖN HERUM, WAS?

AN SICH **HÖRE** ICH EUCH MEHR. DAS PFERD TRAMPELT ALS EINZIGER VON EUCH NICHT SO LAUT, DASS MAN ES FÜNF MEILEN WEIT HÖRT.

RUFST DU SIE JETZT HER, ODER WILLST DU DAS KANINCHEN GANZ ALLEIN ESSEN?

EGWENE! ALLES KLAR! ES GIBT KA-NINCHEN!

Später, als Perrin und Egwene gegessen hatten...

WAS MACHT IHR ZWEI HIER DRAUS-SEN? IM UMKREIS VON FÜNFZIG MEILEN LIEGT KEIN HAUS.

WIR WOLLEN NACH CAEMLYN. KÖNN-TEST DU VIELLEICHT--

HAH, HA, HA, HA, **HAA!**

CAEMLYN? WENN IHR EUREN EINGESCHLAGENEN WEG FORTSETZT, VER-FEHLT IHR CAEMLYN UM RUND **HUNDERT** MEILEN ODER MEHR NÖRDLICH!

WIR WOLLTEN NACH DEM WEG FRA-GEN. WIR HABEN NUR KEINE HÄUSER ODER DÖRFER GEFUN-DEN.

UND DAS WERDET IHR AUCH NICHT. AUF DEM WEG KOMMT IHR BIS ZUM RÜCKGRAT DER WELT, OHNE EINEM MENSCHEN ZU BEGEGNEN.

WENN IHR DIE BERGE ERKLIMMT-- AN MANCHEN STELLEN GEHT DAS-- FINDET IHR SICHER MENSCHEN IN DER AIEL-WÜSTE, ABER **DORT** WÜRDE ES EUCH NICHT GEFALLEN. IHR WÜRDET TAGSÜBER KOCHEN, NACHTS ERFRIEREN UND SO-WIESO VERDURSTEN.

NUR EIN AIEL FINDET WASSER IN DER WÜSTE, ABER DIE MÖGEN KEINE FREMDEN. NEIN, DIE MÖGEN SIE WIRK-LICH NICHT. **HAH!**

WENN SIE DENKEN, IHR SEID GEFÄHRLICH, SIND SIE NICHT MEHR FREUNDLICH.

SO. SCHÖN BRAV.

SIND SIE ZAHM? HAUSTIERE?

WÖLFE KANN MAN NICHT ZÄHMEN, MÄDCHEN. NIEMALS.

SIE SIND MEINE FREUNDE. WIR LEISTEN UNS GESELLSCHAFT. JAGEN ZUSAMMEN. KOMMUNIZIEREN. WIE FREUNDE. IST ES NICHT SO, SCHECKE?

DU... SPRICHST MIT IHNEN?

SIE SAGEN, ER KANN ES.

ICH--

IHR SAGT, IHR WOLLT NACH CAEMLYN.

DAS ERKLÄRT NICHT, WARUM IHR HIER SEID, TAGES-REISEN VON ALLEM ENTFERNT.

WIR KOMMEN VON NORDEN. SALDAEA. VON FARMEN BEI EINEM WINZIGEN DORF, BEIDE.

PERRIN UND ICH, WIR WAREN BEIDE IM LEBEN NOCH NIE WEITER ALS **ZWANZIG MEILEN** VON ZU HAUSE ENTFERNT. ABER WIR KENNEN GESCHICHTEN VON GAUKLERN UND FAHRENDEN HÄNDLERN...

WIR WOLLTEN MAL ETWAS VON DER **WELT** SEHEN. CAEMLYN UND ILLIAN. DAS MEER DER STÜRME... VIELLEICHT SOGAR DIE LEGENDÄREN INSELN DES MEERVOLKS.

Perrin hörte zufrieden, wie perfekt Egwene die Geschichte abspulte, die sie sich für Fremde ausgedacht hatten. Nicht einmal Thom Merrilin hätte ein besseres Garn spinnen können, das besser zu ihrer Lage gepasst hätte.

VON SALDAEA HM?

TROLLOCS UND HALBMENSCHEN SO WEIT SÜDLICH... BEMERKENSWERT.

AES SEDAI MAG ICH NICHT. DIE ROTEN AJAH, DIE MÄNNER JAGEN, DIE DIE EINE MACHT LENKEN, WOLLTEN MICH DÄMPFEN, ALS ICH IHNEN INS GESICHT SAGTE, DASS SIE DEM DUNKLEN KÖNIG DIENEN.

DAS GEFIEL IHNEN GAR NICHT. ABER SIE ERWISCHTEN MICH NICHT IN DEN WÄLDERN. VERSUCHT HABEN SIE ES.

MIT WÖLFEN REDEN... HAT DAS MIT DER MACHT ZU TUN?

NATÜRLICH NICHT. DÄMPFEN HÄTTE BEI MIR NICHTS GENÜTZT, ABER ICH WAR TROTZDEM WÜTEND AUF SIE.

ES IST EINE ALTE GABE, JUNGE. ÄLTER ALS AES SEDAI. ÄLTER ALS JEDER, DER DIE EINE MACHT LENKT. ALT WIE DIE MENSCHHEIT, ALT WIE DIE WÖLFE. AUCH DAS MÖGEN DIE AES SEDAI NICHT. DASS ALTES WIEDERKEHRT. MACHT SIE NERVÖS. SIE HABEN ANGST, ALTE BARRIEREN WERDEN SCHWACH UND DER DUNKLE KÖNIG KOMMT FREI.

ICH HALTE MICH VON AES SEDAI UND IHREN FREUNDEN FERN. SOLLTET IHR AUCH, WENN IHR KLUG SEID.

NICHTS WÄRE MIR LIEBER, ALS MICH VON AES SEDAI FERNZUHALTEN.

ABER WIR HABEN KEINE WAHL. TROLLOCS JAGEN UNS, BLENDER UND DRAGHKAR. NUR KEINE SCHATTENFREUNDE.

WIR KÖNNEN UNS WEDER VERSTECKEN NOCH ALLEIN WEHREN. WER ALSO SOLL UNS HELFEN? WER WÄRE STARK GENUG AUSSER DEN AES SEDAI?

HMM...

Elyas schwieg eine Weile und sah zu den Wölfen, meistens zu Schecke und Feuer. Perrin war nervös und versuchte, nicht hinzusehen.

... Wenn er hinsah, glaubte er fast, er könnte hören, was Elyas und die Wölfe zueinander sagten. Auch wenn es nicht die Macht war, wollte er nichts damit zu tun haben.

Das musste ein Witz sein. Er konnte nicht mit Wölfen reden. Als Perrin das dachte, sah der Wolf Hüpfer ihn an und schien zu grinsen.

Perrin fragte sich... wie ordnete er dem Wolf den Namen zu?

Schließlich sprach Elyas.

IHR KÖNNT BEI MIR BLEIBEN. BEI UNS.

Kapitel fünf

EIN TRAUM!

... OH.

Rand spürte glatte Holzplanken unter den Händen. Deckplanken. Taue ächzten in der Nacht. Er war auf der *Gischt*.

Es war vorbei... jedenfalls für diese Nacht.

Spontan steckte Rand den Finger in den Mund. Als er Blut schmeckte, stockte ihm der Atem. Er kniff im Mondschein die Augen zusammen und sah einen Blutstropfen auf der Fingerkuppe.

Blut... von einem Stachel.

Die *Gischt* fuhr langsam den Arinelle hinab.

Sie legten nicht an, weder bei Tag noch bei Nacht. Das ging gut, solange der Schrecken über den Angriff der Trollocs noch frisch war, doch bald schon wurden die Männer unruhig und tuschelten untereinander.

Thom lenkte die Mannschaft auf seine Art von Gedanken an Meuterei ab. Jeden Morgen und Abend erzählte er Geschichten, dazwischen sang er jedes Lied, das gewünscht wurde.

Um den Schein zu wahren, dass Rand und Mat seine Lehrlinge wären, erteilte er ihnen jeden Tag Unterricht. Auch das diente der Unterhaltung der Mannschaft.

NEIN, JUNGE, MAN BEREIST DIE WELT NICHT WEGEN SCHÄTZEN. FINDET MAN GOLD, GUT UND SCHÖN, ABER DIE EXOTISCHEN ANBLICKE LOCKEN EINEN STETS ZUM NÄCHSTEN HORIZONT.

IN TANCHICO-- EIN HAFEN AM ARYTH-OZEAN-- GIBT ES EINE MAUER MIT FRESKEN VON TIEREN, DIE KEIN LEBENDER MENSCH JE GESEHEN HAT.

JEDES KIND KANN SOLCHE TIERE ZEICH-NEN.

AYE, JUNGE, DAS STIMMT. ABER KANN EIN KIND DIE KNOCHEN SOLCHER TIERE MACHEN? IN TANCHICO **HABEN** SIE DIE, ZUSAMMEN-GEBUNDEN, SO WIE SIE BEIM RICHTIGEN TIER WAREN.

WIR HABEN KNOCHEN IN DEN SANDHÜGELN AUSGEGRABEN-- SELTSAME KNOCHEN. TEILE EINES FISCHES-- GLAUBE ICH-- DER SO GROSS WIE DIESES BOOT WAR. MANCHE SAGEN, ES BRINGT UNGLÜCK, IN DEN HÜGELN ZU GRABEN.

HA! DU DENKST SCHON AN DAHEIM UND BIST GERADE ERST IN DIE WELT GEZOGEN? DIE WELT NIMMT DICH AN DEN HAKEN! BALD JAGST DU DEM SONNENUNTERGANG NACH. WIRST SCHON SEHEN...

... UND WENN DU JE ZURÜCKKEHRST, IST DIR DEIN DORF VIEL ZU **KLEIN** GEWORDEN!

NEIN!

ICH **GEHE** EINES TAGES WIEDER HEIM. ICH ZÜCHTE SCHAFE WIE... WIE MEIN VATER, UND DANN GEHE ICH **NIE WIEDER** VON DORT WEG. STIMMT ES NICHT, MAT?

SOBALD ES GEHT, KEHREN WIR HEIM UND **VERGESSEN** DIES HIER ALLES.

WAS? OH.

JA, KLAR, MACHEN WIR. WIR GEHEN WIE-DER HEIM.

VERMUTLICH WILL ER NUR NICHT, DASS ANDERE DIE SCHÄTZE SUCHEN.

Am vierten Tag der Reise flussabwärts saß Rand in fünfzig Fuß Höhe über dem Wasser. Die Gischt trieb in den sanften Wellen dahin, doch in der großen Höhe schwang der Mast heftig hin und her. In Zwei Flüsse hatte Rand schon so hohe Bäume erklommen, doch hier versperrten ihm keine Äste die Sicht, und er fühlte sich frei.

Von oben sah alles an Deck so seltsam aus, so winzig und kurz, dass Rand eine Stunde lang nur hinuntersah und kicherte.

Unvermittelt gab er jeden festen Halt auf und balancierte auf dem schwankenden Mast.

... war es aus.

BOAH!

Drei Ausschläge lang hielt er so das Gleichgewicht, und dann plötzlich...

HA-HAH!

JUNGE? JUNGE!

Rettung brachte, dass er sich instinktiv am Fockstag festhielt. Mit gespreizten Beinen hielt ihn nichts mehr in der luftigen Höhe außer seine Hände am Stag. Rand war wie im Rausch.

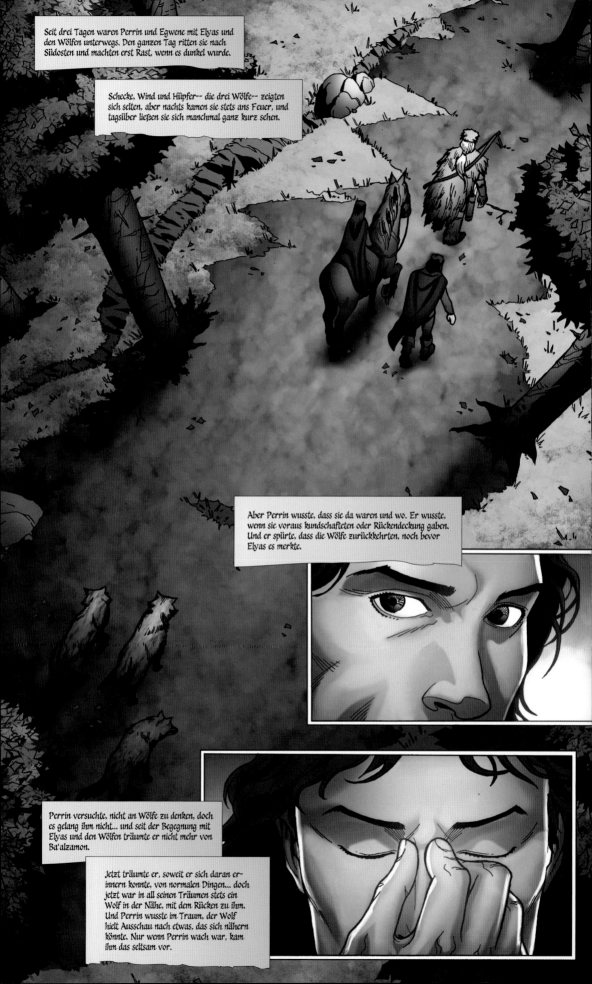

Seit drei Tagen waren Perrin und Egwene mit Elyas und den Wölfen unterwegs. Den ganzen Tag ritten sie nach Südosten und machten erst Rast, wenn es dunkel wurde.

Schecke, Wind und Hüpfer-- die drei Wölfe-- zeigten sich selten, aber nachts kamen sie stets ans Feuer, und tagsüber ließen sie sich manchmal ganz kurz sehen.

Aber Perrin wusste, dass sie da waren und wo. Er wusste, wenn sie voraus kundschafteten oder Rückendeckung gaben. Und er spürte, dass die Wölfe zurückkehrten, noch bevor Elyas es merkte.

Perrin versuchte, nicht an Wölfe zu denken, doch es gelang ihm nicht... und seit der Begegnung mit Elyas und den Wölfen träumte er nicht mehr von Ba'alzamon.

Jetzt träumte er, soweit er sich daran er- innern konnte, von normalen Dingen... doch jetzt war in all seinen Träumen stets ein Wolf in der Nähe, mit dem Rücken zu ihm. Und Perrin wusste im Traum, der Wolf hielt Ausschau nach etwas, das sich nähern könnte. Nur wenn Perrin wach war, kam ihm das seltsam vor.

Die Hunde sträubten die Nackenhaare und knurrten zum Fürchten... doch nach Elyas' Pfiff wurde das Knurren zum Winseln. Die Hunde wandten sich ab, als wollten sie fort, wurden aber zurückgehalten.

Langsam ließ Elyas die Hand sinken, zugleich wurde das Pfeifen immer tiefer. Die Hunde legten sich flach auf den Boden.

SIEHST DU? WAFFEN SIND UNNÖTIG.

SIE SEHEN FIESER AUS, ALS SIE SIND. SIE WOLLTEN UNS ABSCHRECKEN UND HÄTTEN UNS NICHT GEBISSEN, SOLANGE WIR DIE BÄUME MIEDEN.

ABER DIE SORGE SIND WIR LOS. WIR FINDEN EIN ANDERES WÄLDCHEN, EHE ES DUNKEL WIRD.

OH-- ES SIND TUATHA'AN HIER, DAS FAHRENDE VOLK. KESSEL-FLICKER.

KESSELFLICKER? DIE WOLLTE ICH IMMER MAL SEHEN. SIE LAGERN BEI TAREN FÄHRE AM FLUSSUFER, KOMMEN MEINES WISSENS ABER NICHT NACH ZWEI FLÜSSE. WARUM, WEISS ICH NICHT.

WEIL DIE LEUTE IN TAREN FÄHRE SO GROSSE DIEBE SIND WIE DIE KESSELFLICKER. DIE WÜRDEN SICH GEGENSEITIG ALLES STEHLEN.

MEISTER ELYAS, WENN WIRKLICH KESSELFLICKER IN DER NÄHE SIND, SOLLTEN WIR DANN NICHT FORT? NICHT DASS BELA GESTOHLEN WIRD... SONST HABEN WIR NICHT VIEL, ABER JEDER WEISS, KESSELFLICKER STEHLEN ALLES.

ICH WILL DICH NICHT BELEIDIGEN, SUCHER, ABER... ICH SUCHE NICHT NACH GEWALT. ICH HABE SEIT JAHREN MIT KEINEM MEHR GEKÄMPFT, HÖCHSTENS BEI FESTTAGSSPIELEN.

ABER WENN MICH JEMAND SCHLAGEN WILL, SCHLAGE ICH ZURÜCK. WENN NICHT, WÜRDE ER DENKEN, DASS ER MICH JEDERZEIT SCHLAGEN KANN, WANN IMMER ER WILL. MANCHE LEUTE GLAUBEN, SIE KÖNNEN ANDERE UNTERDRÜCKEN, UND WENN MAN SIE NICHT VOM GEGENTEIL ÜBERZEUGT, SCHLAGEN SIE ALLE SCHWÄCHEREN.

MANCHE LEUTE ÜBERWINDEN IHRE... NIEDEREN INSTINKTE NIE.

ICH WETTE, DU LÄUFST OFT WEG.

ICH FINDE ES INTERESSANT, JEMANDEN ZU TREFFEN, DER NICHT GLAUBT, MAN KÖNNE ALLE PROBLEME MIT MUSKELN LÖSEN.

KOMM, ICH ZEIGE DIR UNSER LAGER.

ES WIRD GETANZT!

DAS WÄRE SCHÖN.

ES TUT MIR LEID. ICH BIN GAST UND HÄTTE NICHT--

SEI NICHT ALBERN. ER IST SELBST SCHULD UND HAT ES HERAUSGEFORDERT. HIER, ISS.

Kapitel sechs

Rand konnte nicht fassen, dass Mat so etwas so beiläufig sagte, und sah ihm eine ganze Minute in die Augen, während die Matrosen das Anlegemanöver begannen.

Rand wollte so Vieles sagen, fand aber keine Worte dafür. Mat sah ihn nur böse an, dann errötete er plötzlich und wandte sich ab.

KANN SEIN. TROTZDEM **NÜTZLICH.** VIELLEICHT HABEN ANDERE ES ERBAUT. MUSS KEIN WERK DER AES SEDAI SEIN. IM ERNST, ES MUSS GAR NICHT SO ALT SEIN, WIE MAN DENKT.

... WAS ES AUCH IST, ES IST KEIN GLAS.

WIE SEHR ES AUCH REGNET, MAN RUTSCHT NIE, UND DER BESTE MEISSEL UND STÄRKSTE ARM KÖN-NEN KEINEN KRATZER MACHEN.

AN DIE ARBEIT, DU NICHTSNUTZI-GER NARR!

Aus dem Zeitalter der Legenden, hatte Thom gesagt. Und es war wunderschön. Einen Augenblick schien es, als glitte ein Schatten über das weiße Bauwerk, doch Rand tat es als optische Täuschung ab.

WIR SIND **DA,** THOM.

UND OHNE MEUTEREI.

EIN RELIKT AUS DEM **ZEITALTER DER LEGENDEN,** DAFÜR HABE ICH ES IMMER GEHALTEN.

HMPF.

Noch bevor die *Gischt* am Dock anlegte, stiegen wohlhabende Männer aus ihren Kutschen und warteten auf die Waren, die gelöscht würden.

Sie näherten sich Kapitän Domon mit falschem Lächeln, das verschwand, als er plötzlich in ihre Richtung brüllte.

DU!

ABER-- KAPITÄN, ICH HABE NICHTS FALSCH GEMACHT. ES WAREN DIE **FREMDEN**, DIE BRACHTEN DIE TROLLOCS, UND DANN...

DU HAST ZUM LETZTEN MAL WÄHREND DER WACHE GESCHLAFEN-- NICHT NUR AUF DIESEM SCHIFF, WENN ES NACH MIR GEHT.

DU KANNST IN DEN FLUSS ODER AUF DEN STEG SPRINGEN-- NUR RUNTER VON MEINEM SCHIFF!

RUNTER. VON. MEINEM. SCHIFF.

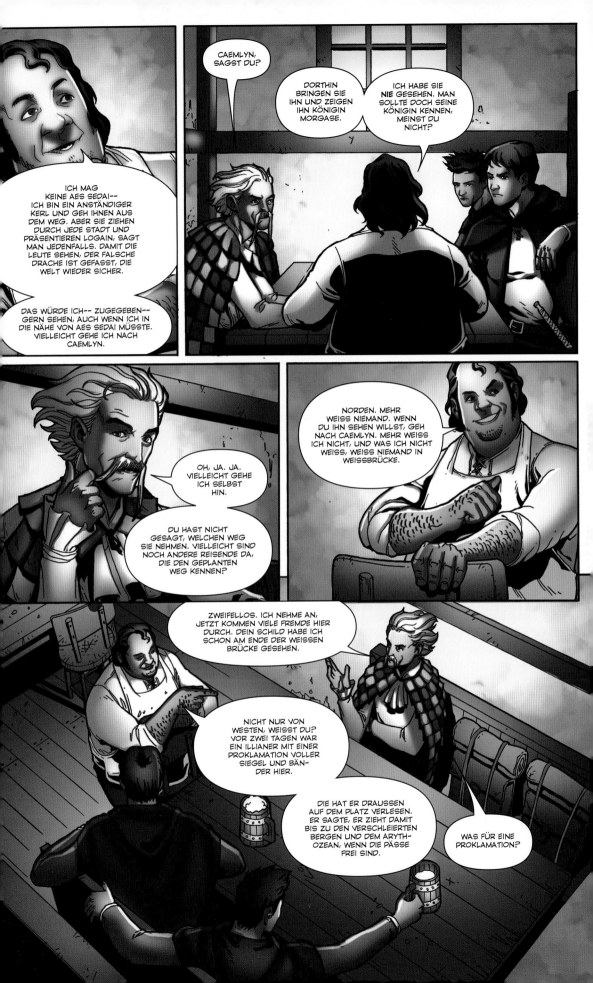

NATÜRLICH ÜBER DIE JAGD NACH DEM HORN! DIE ILLIANER LASSEN JEDEN, DER SEIN LEBEN DER JAGD WIDMET, NACH ILLIAN KOMMEN. IST DAS ZU GLAUBEN? DASS JEMAND SEIN LEBEN EINER LEGENDE WIDMET?

DER MANN BEHAUPTETE, DAS ENDE DER WELT SEI NAHE. DIE LETZTE SCHLACHT GEGEN DEN DUNKLEN KÖNIG. DIE DENKEN WOHL, VORHER MUSS NOCH DAS HORN VON VALERE GEFUNDEN WERDEN.

NATÜRLICH KANN ICH NACH DIESEM WINTER WEDER SO NOCH SO SAGEN, AUCH NICHT ÜBER DIESEN LOGAIN UND DIE ZWEI DAVOR. WARUM BEHAUPTEN SO VIELE BURSCHEN IN DEN LETZTEN JAHREN, DASS SIE DER DRACHE SIND? DAS MUSS WAS BEDEUTEN, GLAUBST DU NICHT AUCH?

HEISST ES NICHT, DASS DIE BERGE VOR DER LETZTEN SCHLACHT WACHE STEHEN UND DIE TOTEN WIEDERKEHREN? "DENN DAS GRAB KANN MEINEM RUF NICHT WIDERSTEHEN."

GENAU! DIE GROSSE JAGD NACH DEM HORN. WENN DU DIE GESCHICHTE ERZÄHLST, DREHEN DIE KUNDEN HIER DURCH. JEDER HIER HAT VON DER PROKLAMATION GEHÖRT.

WIR SUCHEN NACH FREUNDEN, DIE HIER DURCHGEKOMMEN SEIN KÖNNTEN. VON WESTEN.

SIND IN DEN LETZTEN ZWEI WOCHEN VIELE FREMDE HIER VORBEIGEKOMMEN?

JEMAND **ANDERES** HAT NACH IHNEN GEFRAGT. WER DENN NUR?

VOR ETWA EINER WOCHE KAM EIN KLEINES FRETTCHEN VON MANN ÜBER DIE BRÜCKE. REDETE MIT SICH SELBST UND ZAPPELTE IMMER HERUM, SOGAR IM STEHEN. ER FRAGTE NACH DENSELBEN LEUTEN... EINIGEN DAVON.

ER FRAGTE, ALS WÄRE ES WICHTIG, ABER TAT DANN, ALS INTERESSIERTE IHN DIE ANTWORT NICHT. EBEN WINSELTE ER NOCH, DANN STELLTE ER FOR-DERUNGEN WIE EIN **KÖNIG**.

AM SELBEN TAG BRACH ER BRABBELND UND WEINEND NACH CAEMLYN AUF.

BIST DU SICHER, DASS ER DIESEL-BEN GESUCHT HAT?

TEILWEISE. DEN KÄMPFER UND DIE FRAU IN SEIDE... ABER WICHTIGER SCHIENEN IHM DREI JUNGS VOM LANDE.

ER WOLLTE SIE **UNBEDINGT** FIN-DEN. ICH GLAUBE, ER WAR VERRÜCKT.

ABER DER **ANDERE**...

DER ANDERE?

GANZ IN **SCHWARZ**. TRÄGT EINE KAPUZE, DAMIT MAN SEIN **GESICHT** NICHT SIEHT. ABER MAN **SPÜRT** SEINEN EISKALTEN BLICK AUF SICH.

ER... SPRACH MICH AN.

Minuten wurden zu Stunden. Es schien, als würde jeder Passant, der in die Gasse blickte, sie für Schattenfreunde halten.

Dann betrat ein großer Mann mit Kapuze die Gasse. Als er näher kam, spürte Rand, wie sich ihm die Kehle zuschnürte und sein Mund trocken wurde. Und dann...

WENN IHR MICH NICHT ERKANNT HABT, GENÜGT DIE VERKLEIDUNG FÜR DIE TORWÄCHTER.

KOMM, STRECK DIE HAND AUS.

WAS--

VERMUTLICH KOMMT ES NICHT DAZU, ABER FALLS WIE GETRENNT WERDEN... NA JA, IHR ZWEI KOMMT AUCH ALLEIN ZURECHT. HALTET EUCH AUF JEDEN FALL VON AES SEDAI FERN.

THOM, WARUM MACHST DU DAS? DU WEISST, OHNE UNS WÄRST DU SICHERER.

ICH HATTE EINEN NEFFEN, OWYN. MEINES BRUDERS SOHN UND EINZIGER LEBENDER VERWANDTER. ER BEKAM ÄRGER MIT DEN AES SEDAI, ABER ICH WAR... BESCHÄFTIGT.

ICH WEISS NICHT, OB ICH ETWAS HÄTTE TUN KÖNNEN, JEDENFALLS KAM ICH ZU SPÄT. OWYN STARB WENIGE JAHRE SPÄTER. MAN KÖNNTE SAGEN, AES SEDAI HABEN IHN GETÖTET.

WENN ICH EUCH VON TAR VALON FERNHALTE, DENKE ICH VIELLEICHT NICHT MEHR STÄNDIG AN OWYN.

ABER JETZT IST NICHT DIE ZEIT FÜR SENTIMEN- TALITÄT.

WIR GEHEN NACHEINANDER HIER RAUS, NAHE GENUG, DASS WIR SICHTKONTAKT HALTEN. SO DÜRFTE MAN SICH NICHT AN UNS ERINNERN.

UND KANNST DU GEBÜCKT GE- HEN? BEI DEINER GRÖSSE FÄLLST DU ZU SEHR AUF.

LOS JETZT. WIR HABEN SCHON GENUG ZEIT VER- GEUDET...

Das fand Rand ebenfalls, doch er zögerte, ehe er die Gasse verließ und den Platz überquerte.

Kein Passant würdigte ihn eines zweiten Blickes-- dennoch krümmte Rand die Schultern und wartete, dass der Ruf "Schattenfreunde" ertönen und brave Bürger in einen mordlüsternen Mob verwandeln würde.

Fortsetzung folgt...

Skizzen

Zeichnung von Marcio Fiorito

Skizzen von Jeremy Saliba

WOT issue 16 cover
thumbnail studies
J. séamas gallagher
3 · 9 · 11

Zeichnung von Jeremy Saliba

Zeichnung von Seamas Gallagher

Skizzen von Jeremy Saliba

ROBERT JORDAN

Mr. Jordan kam 1948 in Charleston, South Carolina, zur Welt. Mithilfe seines zwölfjährigen Bruders brachte er sich im Alter von vier Jahren selbst das Lesen bei und wälzte mit fünf Jahren schon Mark Twain und Jules Verne. The Citadel, das Militärcollege von South Carolina, schloss er mit dem Hauptfach Physik ab. Mit der US-Armee absolvierte er zwei Einsätze in Vietnam; zu seinen Auszeichnungen zählen das "Distinguished Flying Cross" mit Eichenlaub in Bronze, der "Bronze Star" mit "V" und Eichenlaub und zwei vietnamesische Ritterkreuze. Der Hobby-Historiker schrieb ebenfalls Kritiken von Tanz- und Theateraufführungen; zu seinen Hobbys gehörten Jagen, Angeln, Segeln sowie Poker, Schach und Billard. Er war ein passionierter Sammler von Pfeifen. 1977 fing er an zu schreiben und verfasste *Das Rad der Zeit*®, eine der bedeutendsten und meistverkauften Serien in der Geschichte der Fantasy, mit über vierzehn Millionen verkauften Exemplaren in Nordamerika allein und vielen weiteren im Rest der Welt. Robert Jordan starb am 16. September 2007 nach einem langen Kampf gegen die seltene Blutkrankheit Amyloidose.